KAMA SUTRA

Original auflage in Engliscben 1993, Rupa & Co.
7/16 Ansari Road, Daryaganj, New Delhi-110 002
Sekunde abdruck 1996
Staz: Palatino 9.6 von 12; von Megatechnics, New Delhi

Printed in India by Nutech Photolithographers, New Delhi

ISBN 81-7167-267-1

Gestaltung: Pankaj Goel
Gesamthrausgeberin: Amrita Kumar
Aus dem Englischen überstzt von: Christine Wanjura
B. Venkat Mani

KAMA SUTRA

Rupa . Co

EINFÜHRUNG

Nur wenige Bücher sind über das Thema Sex geschrieben worden, die so offen und aufrichtig sind wie das Kama Sutra. Aber mehr als ein Handbuch für Sex ist es ein Essay über die sexuelle Etiquette und die hinduistische Einstellung zu gesellschaftlichen Verhaltensweisen. In ihm werden Themen wie die Erziehung von Frauen, der freie Kontakt zwischen den verschiedenen sozialen Schichten und die Wiederverheiratung von Witwen behandelt. In der Darstellung einer hochentwickelten Zivilisation im alten Indien, entblößt es die vergleichsweise Unterdrückung und das schlechte Gewissen in den modernen Gesellschaften. Das Bemerkenswerteste ist, daß bei der Beschreibung der verschiedenen Phasen des Liebesaktes, der Mann und die Frau als gleichberechtigte Partner beschrieben werden. Alle sonstigen antiken Werke über die Liebe sehen auf die Frau herunter als ein niederes Wesen, als eine Schöpfung Gottes, der diese alleine für die Freuden des Mannes erschaffen hat.

Das Kama Sutra *wurde zwischen dem ersten und dem vierten Jahrhundert geschrieben. Sein Autor ist Vatsyayana, ein Student der Theologie, der seine Arbeit aus verschiedenen Schriften von Gelehrten zusammengestellt hat. Die Übersetzung aus dem Sanskrit ins Englische brachte dem* Kama Sutra *weltweite Anerkennung, als das bedeutendste Buch über die Liebe das je geschrieben wurde.*

Im folgenden wird der Ausschnitt des Kama Sutra, *der von der sexuellen Vereinigung handelt, mit Zeichnungen aus den verschiedenen Schulen der indischen Malerei dargestellt. Es wird dem Leser empfohlen sich daran zu erinnern, das dies gleichsam ein Ausdruck der Sehnsucht nach der ursprüglichen Einheit ist, als auch ein Ausdruck der sexuellen Leidenschaft.*

Da Frauen von einer sanften Natur sind, wollen sie einen sanften Anfang und wenn die Annäherung von einem Mann, den sie nur wenig kennen gewaltsam geschiet, kann es manchmal passieren das sie alles was mit Sex zu tun hat ablehnen und manchmal kommt es sogar vor, daß sie die Männer ganz ablehnen.

Bei der ersten sexuellen Vereinigung, ist die Leidenschaft des Mannes groß und seine Zeit kurz, aber in darauffolgenden Vereinigungen am gleichen Tag ist das Gegenteil davon der Fall.

Bei der Frau ist es umgekehrt, beim ersten Mal ist ihre Leidenschaft schwach und ihre Zeit lang, aber bei weiteren Vereinigungen am gleichen Tag ist ihre Leidenschaft groß und ihre Zeit kurz bis ihre Leidenschaft befriedigt ist.

Wenn ein Mann eine Frau mit Gewalt beißt, sollte sie das gleiche tun mit doppelter Intensität. Wenn Mann und Frau nach ihren gegenseitigen Wünschen handeln, wird ihre Liebe nicht nachlassen selbst nicht in hundert Jahren.

Wenn die Leidenschaft anwächst, wird das Drücken oder das Kratzen mit den Fingernägeln ausgeübt.

Wenn mit den Nägeln ein gerundeter Abdruck auf der Brust gemacht wird, nennt sich das ein Pfauenfuß.

Wenn mit den Nägeln fünf Abdrücke nahe der Brustspitze gemacht werden, nennt sich das der Sprung des Hasen.

Wenn eine Person auf eine Reise geht und einen Abdruck auf der H*fte oder der Brust macht, wird es das Zeichen der Erinnerung genannt. Bei solch einer Gelegenheit werden drei oder vier Linien mit den N*geln dicht beieinander gezogen.

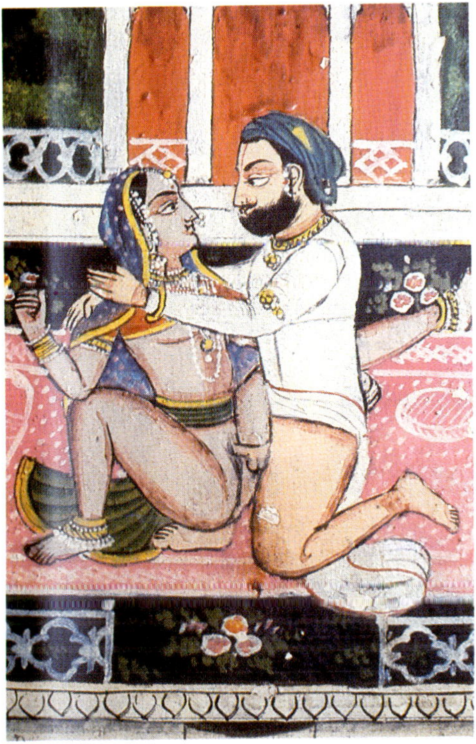

Wenn die Frau so liegt, daß der Mann nur der oberen Teil ihres Geschlechts reizt, wird das durchdringen genannt.

Wenn der Mann nur den unteren Teil des weiblichen Geschlechts reizt, nennt sich das reiben.

Wenn beide Seiten des weiblichen Geschlechts in dieser Weise gerieben werden, nennt sich das der Stoß des Stieres.

Wenn die Liebenden ihre Beine vor ihre Brust halten, wird dies die gepresste Stellung *genannt.*

Rechts: *Wenn sie nur ein Bein ausgestreckt hat, wird dies die* halb gepresste Stellung *genannt.*

Wenn sie ein Bein an den Koft legt und ihr anderes Bein ausgestreckt ist, nennt sich das das Anbringen eines Nagels.

Rechts: *Wenn die Frau beide Beine vor ihrem Bauch angezogen hat, nennt sich das die* Krabbenstellung.

Wenn ein Mann an eine Wand gelehnt steht und die Frau auf seinen Händen sitzt und ihre Arme um seinen Hals und ihre Beine an beiden Steiten des Mannes hat und sich mit ihren Füßen abstützt, nennt sich das die schwebende Vereinigung.

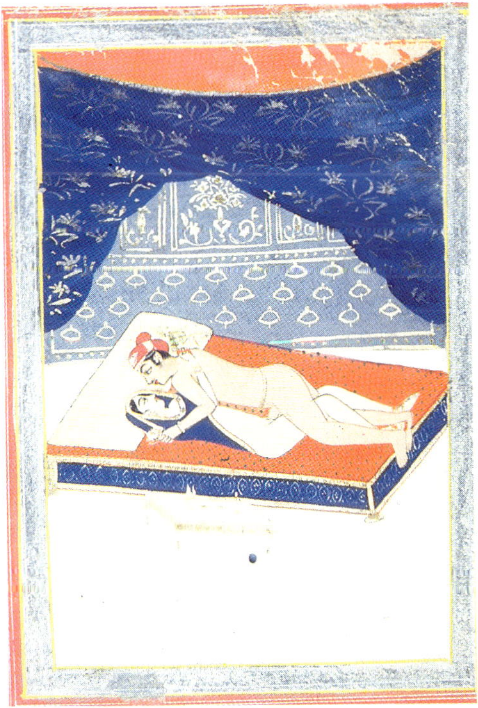

Wenn die Beine des Mannes und der Frau ausgestreckt sind und übereinander liegen, wird das die umklammerte Stellung *genannt.*

Wenn sie ihre Beine auf die Schultern des Geliebten legt, wird dies die gähnende Stellung *gennant.*

Wenn die Frau ihre Beine in die Luft erhebt, nennt sich dies die steigende Stellung.

Wenn die Frau ein Bein über einen Schenkel ihres Geliebten legt, wird dies die verflochtene Stellung *genannt.*

Rechts: Wenn die Frau ein Bein auf die Schulter ihres Geliebten legt und das andere ausstreckt und legt dann das ausgestreckte auf seine Schulter und streckt das oben aufliegende aus, und macht das wechselweise, nennt sich das das Spalten eines Bambusrohres.

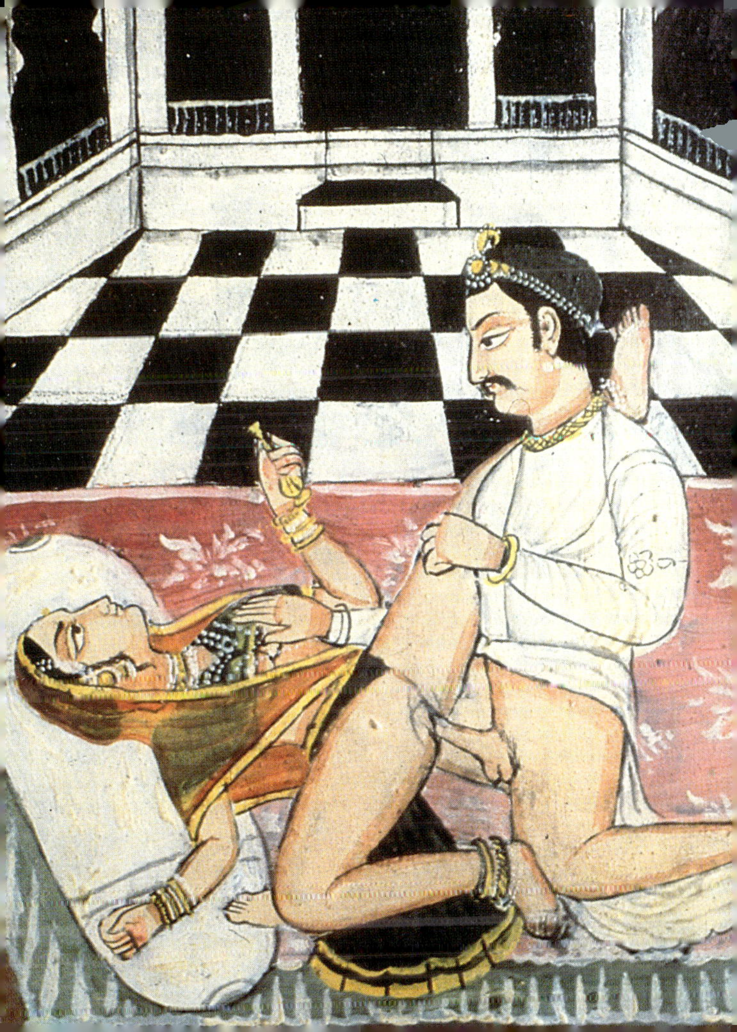

Wenn sie die Unterschenkel hebt und ihre Oberschenkel dann auf den Oberschrnkeln des Mannes ruhen, nennt man dies die gepackte stellung.

Wenn die Unterschenkel aneinandergestellt sind, wird dies die lotussartige Stellung genannt.

Wenn die Frau das männliche Geschlecht nach dem Eindringen gewaltsam in sich hält, nennt man das die Stutenstellung.

Wenn der Mann und die Frau sich gegenseitig oder an eine Wand oder an einem Pfeiler stützen und sich so vereinen, nennt man das die gestützte Vereinigung.

Wenn die Frau das männliche Geschlecht in sich aufnimmt, es drückt, und es so behält für eine lange Zeit, dann nennt man dies eine Zange.

Wenn eine der beiden einen oder beide Schenkel des anderen zwischen den seinen gewaltsam festhält, nennt sich das die Umarmung der Schenkel.

Wenn eine Frau leise summt und von Zärtlichkeiten singt und wünscht zu ihm heraufzusteigen um einen Kuß zu erhalten, dann wird das die Umarmung wie das Besteigen eines Baumes *genannt.*

Wenn Liebende auf dem Bett liegen und sich so eng umarmen, daß die Arme und Schenkel des einen von den Armen und Schenkeln des anderen umarmt werden und so einander reiben, nennt man das eine Umarmung wie die Mischung von Sesam und Reis.

Wenn ein Mann und eine Frau einander so umarmen als würden sie einander durchdringen und die Frau entweder auf dem Schoß des Mannes oder vor ihm oder auf einem Bett sitzt, wird dies eine Umarmung wie die Mischung von Milch und Wasser *genannt.*

Wenn das männliche Geschlecht von dem weiblichen Geschlecht ein Stück entfernt ist und dann gewaltsam eindringt, nennt man das einen stoß geben.

Wenn sie sich bei der Vereinigung dreht wie ein Rad, nennt man das den Kreisel.

Rechts: *Wenn bei solch einer Gelegenheit der Mann seinen Oberkörper aufrichtet und die Frau ihren Oberkörper dreht, nennt man dies die* schaukel.

Wenn eine Frau einen Mann umarmt wie ein Rankengewächs einen Baum und ihn liebend anschaut, nennt man dies eine Umarmung wie das Ranken einer pflanze.

Wenn der Mann seine Brust zwischen die Brüste der Frau legt und sie dann drückt, nennt man das die Umarmung der Brüste.

Wenn der Mann die Jaghana oder den Oberkörper der Frau gegen den seinen drückt, und in sie eindringt und sie mit dem Nagel kratzt oder mit dem Finger oder sie beißt oder sie schlägt oder sie küßt, wird das die Umarmung der Jaghana *genannt.*

Wenn der Mann sich während der Vereinigung dreht ohne aus ihr herauszugleiten und sie ihn von hinten umarmt, wird dies die gedrehte Stellung genannt.

Wenn sie ihre Beine angewinkelt zur Seite stellt und sich so vereint, nennt man dies die Indrani Stellung.

Rechts: *Wenn sie ihren Kopf nach unten hält und den Bauch hoch, nennt man dies die* weit geöffnete Stellung.

Wenn der Mann sich in der Frau schnell auf und ab bewegt ohne aus ihr herauszugleiten, nennt man das das Hüpfen eines Spatzes.

Wenn ein Mann und eine Frau verkehrt herum aufeinanderliegen, d.h. der Kopf zu den Füßen des anderen und umgekehrt und sich so vereinen, nennt man das die Vereinigung der Krähe.

Das Eindringen in den Anus nennt sich die niedere Vereinigung.

Rechts: *Wenn eine Frau sieht das ihr Geliebter ermüdet ist durch eine lange Vereinigung, so sollte sie ihn drehen und ihn auf den Rücken betten und ihm bei der Vereinigung behilflich sein.*

Sie sollte sich in solch einer Weise auf ihren Geliebten legen, das er nicht aus ihr herausgleitet und das Vergnügen an der Vereinigung nicht unterbrochen wird.

Sie sollte seine Stöße erwidern und ihn ausgiebig genießen, sie sollte sagen: "Du hast mich niedergelegt, nun bin ich mude von der langen Vereinigung, jetzt ist es an mir dich niederzulegen."

Die Regeln der Shastra gelten solange wie die Leidenschaft des Mannes mittelmäßig ist, aber wenn das Rad der Liebe in Gang gesetzt ist, gibt es keine Shastra mehr und keine Ordung.

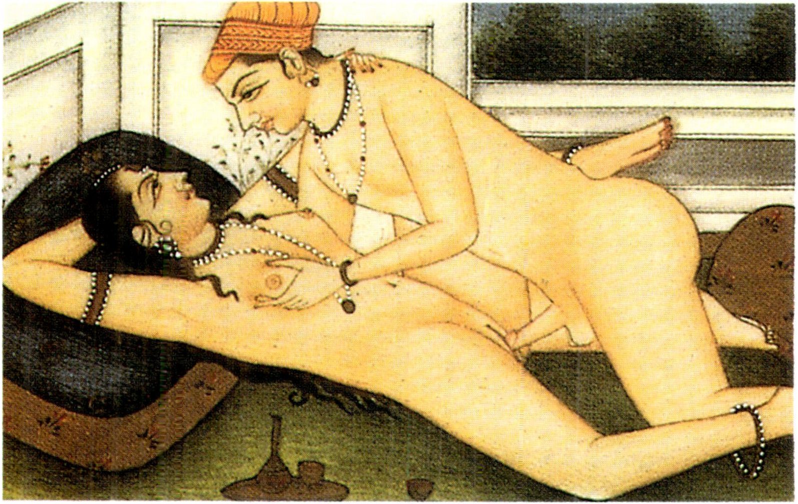

Selbst bei ganz alltäglichen Dingen die sich mit großer Kraft drehen, wie die Scheibe eines Töpfers oder ein Kreisel sehen wir, daß die Bewegung am Anfang erst langsam ist, aber dann immer schneller wird.

Wenn ein Mann zwei Frauen die er beide gleich liebt zur gleichen Zeit genießt, nennt man das die vereinte Vereinigung.

Rechts: *Wenn.ein Mann viele Frauen zur gleichen Zeit genießt, nennt sich das die* Vereinigung einer Kuhherde.

Junge Männer vergnügen sich mit einer Frau nacheinander oder zur gleichen Zeit, die vielleicht mit einem von ihnen verheiratet ist. In dieser Weise wird sie von einem gehalten, ein zweiter genießt sie, ein dritter vergnügt sich mit ihrem Mund, ein vierter hält ihren Oberkörper, so vergnügt sich jeder mit einer anderen Stelle ihres Körpers.

Eine Frau die sehr in einen Mann verliebt ist, erträgt es nicht wenn der Name ihrer Rivalin fällt oder wenn sie mit ihrem Namen fälschlicherweise angesprochen wird. Wenn dieses passiert, schlägt die Frau ihren Liebhaber, fällt aus ihrem Bett oder von ihrem Sitz und wirft sich auf den Boden.

Jetzt sollte der Liebhaber versuchen sie mit beschwichtigenden Worten zu versöhnen und sie sanft weider auf das Bett zu legen.

Wenn sie denkt, daß die beschwichtigenden Worte und Handlungen ihres Liebhabers ihren Höhepunkt erreicht haben, sollte sie ihn umarmen und mit strengen und vorwurfsvollen Worten zu ihm sprechen, aber gleichzeitig eine liebevolle Lust auf eine Vereinigung zeigen.

Wenn eine der beiden von einer Reise zurückkehrt oder sie nach einem Streit getrennt waren, nennt man die Vereinigung die liebende Vereinigung.

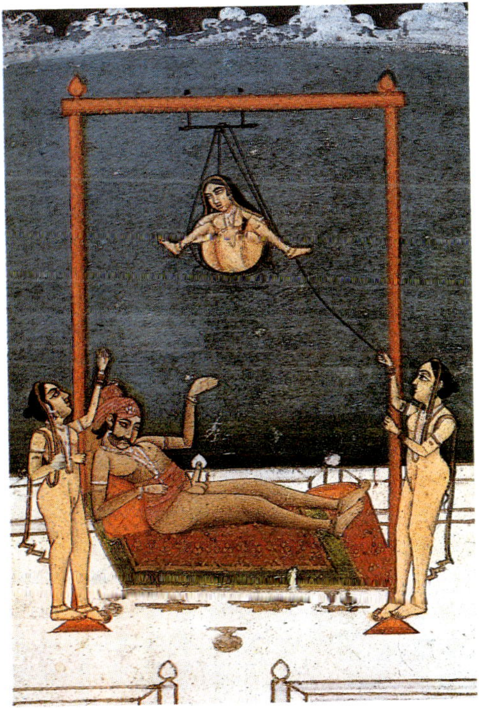

Wenn zwei Personen deren Liebe noch eine junge Knospe ist vereinen, nennt man ihre Vereinigung die Vereinigung der gegenseitigen Liebe.

Wenn ein Mann und eine Frau sich vereinen aber in Wirklichkeit jeweils eine andere Person lieben, so nennt man dies die Vereinigung der künstlichen Liebe.

Wenn ein Mann sich mit einer Frau vereint aber von Anfang an an eine andere denkt dic er liebt, nennt sich das die Vereinigung der übertragenen Liebe.

Die Vereinigung zwischen einem Mann und einer Wasserträgerin oder einer Dienerin die eine Kaste niedriger ist als die seine und die Vereinigung nur so lange andauert bis die Lust befriedigt ist, wird die Vereinigung gleich wie der von Eunuchen *genannt. Hierbei werden keine Berührungen, Küsse und andere Zärtlichkeiten ausgetauscht.*

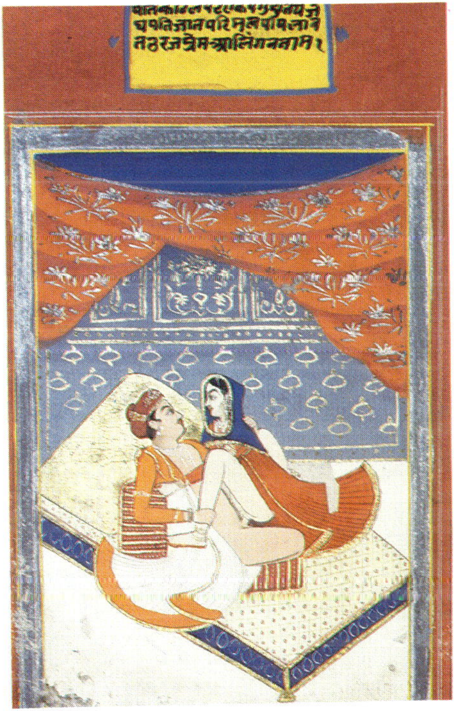

Wenn zwei Menschen sich vereinen, die sich lieben und die Vereinigung nach ihrem Gefallen ist, so nennt sich dies spontane Vereinigung.

Gewohnheit genannt, zum Beispiel die Liebe für die sexuelle Vereinigung, die Liebe zum Jagen, die Liebe zum Trinken, die Liebe zum Spielen etc.

Die Liebe die aus ständiger und andauernder Ausübung eines Aktes resultiert, wird Liebe durch ständige Übung und